Salvatore D'Aleo

Il calabrese che volle…
essere re

Youcanprint *Self - Publishing*

Titolo | Il calabrese che volle… essere re
Autore | Salvatore D'Aleo
Copertina a cura dell'autore
ISBN | 978-88-91112-90-3

Youcanprint *Self-Publishing*
Via Roma, 73 - 73039 Tricase (LE) - Italy
www.youcanprint.it
info@youcanprint.it
Facebook: facebook.com/youcanprint.it
Twitter: twitter.com/youcanprintit

Taverna ,in Calabria Ultra,6 novembre
Un vento sibila freddo sui tetti delle povere abitazioni del paese,un piccolo villaggio vicino Catanzaro,ma… quella notte….. i vagiti provenienti da una casa ,riscaldata dai due camini rossi, posti quasi a specchio l'uno di fronte all'altro ,rendevano leggermente piu' tiepido e colorato l'ambiente imbrunito dai fumi

Ippolito guardava con una dolcezza ,a lui certo insolita ,venire al mondo,in quel mondo ancora poco dettagliato, il suo primogenito ,quasi avulso ,strappato con forza bruta ,dalle anche aperte di Petronia ,con l'ausilio delle gigantesche mani del medico del luogo

Fuori ,avvolti nelle loro mantelle nere di lana,i servitori,dai volti scarni ed abbruttiti dalla miseria, attendevano l'evento e forse,cosa piu' importante per loro, anche qualche promessa libagione.

Ed Ippolito la poteva pur concedere, senza sforzo, a quei otto - dieci poveri diavoli che si erano stanziati a Vucisano quasi tutti provenienti da Trinchise .

Erano cascati li' causa la peste che, tenebrosa, li inseguiva o erano meglio cascati casualmente in tal loco ,ora piu' conosciuto come Magisano ma che originariamente era nominato appunto Vucisano.

Un   nome che ,dicono, datogli per la presenza di una grande quantità di erbe ,chiamate appunto Vucissi.

 Bisogna sapere che, anticamente ,come infatti gli anziani ricordano , nelle campagne di tale paese si costruivano con cura i rifugi per le capre,in quanto non resistenti le stesse al freddo come le pecore.

 Si faceva allora la cosidetta terrata (interrata), che consisteva in uno scavo di 10 -20 metri.Era fatto a ridosso della roccia o di una piccola montagna; utilizzando le furche,che erano dei legni a 2 punte che dovevano sostenerle e le longarine (ovvero pali messi orizzontalmente) e si costruiva cosi' un recinto; il tetto era fatto di listoni di legno, frasche (rami secchi) ed appunto i vucissi (arbusti), per renderlo impermeabile. Gli escrementi delle capre facevano poi solidificare il terreno, reso talmente duro, che si poteva pulire in seguito con le scope, in quanto diveniva solido quasi come cemento. Tutti i capretti erano, in questo modo, protetti, altrimenti non avrebbero sopportato le dure notti invernali di Vucisano, paese posto a ridosso di zone montuose. Alle pecore invece si faceva a rumba ,l'ovile, una specie di capanna con le frasche, ma non interrata come quello delle capre. Il levante ,che giungeva improvviso da est, era il vento che tutti a Vucisano temevano;cosi' tutti gli ovili si costruivano aru sthraventu (al riparo dal vento).

Ma veniamo al nostro Marco Tullio.

Cosi' fu infatti nomato quel giorno , nome roboante che avrebbe forse inciso negli eventi futuri del neonato(cio' che può incidere profondamente nella vita di una persona è proprio il nome, diceva Goethe).

Nome impresso, forse ,anche in memoria di un altro Marco Tullio, ovvero quel Cicerone, che fu appunto una delle figure più rilevanti di tutta l'antichità romana ,e dei cui libri era un assiduo lettore il padre ,uno dei pochi conoscitori dell'abc scolastico in un paese, per necessita' ,non certo di intellettuali.

Il bambino cresceva alternando agli agi di una vita familiare decorosa momenti di liberta' fanciullesca,perdendosi tra i vicoli del piccolo paese e le semplici gioie di una vita paesana,vita che si rivelava non sempre monotona se annualmente veniva animata anche grazie ad una grande fiera che dava veramente lustro al territorio e durava per ben 8 giorni.Ed in questo periodo affluivano infatti a Magisano genti nuove.Non solo mercanti dei paesi vicini, ma anche per esempio i detti" antichi greci" o meglio i cultori di quella tradizione grecanica mantenuta viva ancor oggi in alcuni centri della costa jonica delle Calabrie. Questa fiera fu poi ,negli anni dopo,limitata a soli 3 giorni per dare possibilità di realizzarne un'altra nella vicina Taverna.
E se poi l''estate la trascorreva tra le bianche spiagge di Botricello,dagli zii materni,l'inverno si portava cavalcando ,col fido amico Gaspare, lungo i monti delle serre sino a raggiungere spesso il villaggio di Albi.

A Botricello un pomeriggio afoso ,quando quasi una nebbiolina sembra separare la terra dal mare,camminando sulla battigia e godendo della frescura che la bianca spuma procurava

nell'accarezzare i suoi piedi, urto' all'improvviso qualcosa di ferroso che gli procuro'invece un gran dolore.
Si fermo'.
Spolvero' lentamente nella sabbia per meglio visualizzarla,e dalla punta acuminata di questo iceberg estrasse pian piano una specie di grossa lamina .
La scruto' con attenzione.La ripuli' con la parte superiore dei suoi pantaloncini e vi noto', incisi, dei segni e delle figure.Le stesse ,addirittura, erano come delle sequenze di un racconto raffigurativo,un racconto che era ripartito tra figure erette , in posizione statica, e figure in posizione dinamica.Raccontava in tali brevi segni ,di un dinamismo bellissimo, di antenati che sembravano assistere o dirigere e sorvegliare un lavoro di campi di grano.L' ammiro' con la superficialita' intrigante di un ragazzo della sua eta'.
Interessante,penso'.

La mostro' contento ai sui amici di giochi,felice di un reperto ritenuto forse importante,o quantomeno particolare.

Fabio, ridendo l'afferro ,la squadro' con aria inebetita ,la ributto' lontano nella...... sabbia.

Tutti insieme ebbero un momento di stasi poi..... ritornarono ai giochi.

Circa quattro secoli dopo, in quella stessa terra ,qualcuno ritrovo', casualmente, quella stessa strana lamina,che divenne allora per gli studiosi di archeologia.... la famosa" lamina pelasgica di Botricello!!!!"

Marco Tullio , divenuto intanto vivace giovane ventenne ,proprio durante una delle farse burlesche di una delle tante feste locali,conobbe per caso ,accompagnandola anche spesso sino Albi ,Paola:

neri capelli che nascondevano ,scorrendo come rivoli sulla fronte, i luccichii di due felini occhi.

Era assisa ,quel pomeriggio , al calar del sole ,e , quasi in estasi, come spesso le accadeva,avvinta nei suoi pensieri e nei suoi sogni ,sulle scale disomogenee dell'adiacente chiesetta. Quella Chiesa dei Santi Pietro e Paolo di Albi che conservava al suo interno una scultura, raffigurante un dipinto,anch'esso presente ,di *Madonna col Bambino,posto tra i Santi Girolamo e Sebastiano.*

Marco Tullio aveva piu' volte grazie ad esso fatto' sfarzo della sue conoscenze artistiche con la sua giovane amica, descrivendo con cura il significato di quelle raffigurazioni e si inorgogliva alla attenzione,non priva di una quasi sospensione ed elevazione mistica della stessa nell'ascoltarlo,attenzione certo piu' per fame d' amore che per bisogno di ......cultura

E proprio in quel giorno di festa , l'incontro di quattro occhi penetranti ,eredita' araba di molti di noi meridionali, fu' la scintilla decisiva di un amore appassionato.

Neanche otto mesi e la portava sposa .Neanche diciotto mesi che nasceva da quel focoso amore una dolce bambina.

Quando risali velocemente sull'arcobaleno della vita devi aspettarti che altrettanto velocemente avvenga la discesa e come tale da quel giorno ,solcata dai colori di quest'aurea semiluna,iniziava a sgomitolarsi la vita del giovane Catizone.

Un giovane, cosi' istruito, non poteva a quei tempi,ma forse neanche ai nostri,bloccarsi per un lungo periodo in un centro cosi' piccolo.

Era colto,era piacente,era intuitivo ,anche abbastanza alto, per l'epoca,capelli mossi di color rosso castano,occhi verde vetro, con un pizzo, alla moschettiere,che adornava il suo nobile viso.

Prese allora, in una domenica di marzo,un marzo ancora freddo, col solito vento di Magisano che sembrava volesse anche lui spingerlo lontano da quei luoghi,la decisione definitiva di cercare nuovi orizzonti ,luoghi dove anche il sole sorgesse dal mare e non, come adesso, dalle montagne:

posiziono' moglie e figlia su un cocchio ,regalatogli dalla mamma Petronia, e si diresse cosi' in Sicilia .

Una terra che allora ,come ancor oggi,affascinava e richiamava con i suoi colori,la sua vivacita',la possibilita' di lavorare,di mercanteggiare. Questo ponte tra un continente europeo in continua trasformazione ed un oriente misterioso che, nei racconti di chi vi era stato, si vociferava ricchissimo.

Vi arrivarono con questo bellissimo cocchio che appariva ai locali isolani come un modello innovativo.

Acquistato dai genitori proprio in occasione dell'ultima fiera , era in verita'proprio un modello particolare . Prevedeva infatti la sacca sospesa all'asse tramite cinghie e catene ed aveva preso appunto la denominazione di cocchio dal nome della località ungherese di Kocs ,in cui nacque e dalla quale fu pubblicizzato poi nel resto del continente europeo:una ferrari dei nostri tempi,per intenderci.

Anche se poi, durante il lungo viaggio, le "ambiziose" sospensioni a molle, per una svariata serie di motivi, tra i quali le strade sconnesse, crearono molti inconvenienti ed inattese fermate;Anche se il cammino fu frammisto ad improvvisi stop dovuti ai capogiri della figlioletta e ad una cistite improvvisa della moglie che', durante il percorso, non smetteva mai di ingurgitare imponenti bevute di un succo di arancia ,che si diceva immunizzassero dalle infezioni .

Pur tuttavia riuscirono, in due giorni, ad attraversare il territorio E poi , ricordiamo ,come viaggiare nel 1600 non era certamente facile, al punto tale che spesso , ad esempio ,si attraversavano anche campi ben arati e seminati ,per accorciare un tragitto lungo e tortuoso ,senza pero' rendersi conto che magari il grano era già germogliato e che si faceva danno al raccolto medesimo. Situazione che in tali casi appesantiva certo anche il futuro scambio commerciale e non facilitava di sicuro una economia gia' misera.

Arrivato comunque a Messina, una domenica di fine marzo, affitto'subito una piccola casa, tra piazza Antonello e via S Agostino ,zona dove fu indirizzato da un suo vecchio amico,Tonio, anche lui di Taverna .

Questi in tal momento era militare proprio in citta ',presso il fortino della Fiumara Guardia e dove nello stesso, come" Piazza di quinta classe", ne era al comando in qualita' di ufficiale inferiore .

 Era una di quelle case, dove dimorava, a due piani ,un poco umida,ma in compenso con ben quattro finestrone che davano direttamente sulla via, da dove si potevano ammirare i quattro maestosi palazzi ,di cui tre con alti colonnati,che facevano da culla alla vicina bellissima piazza .Ed, in fondo, la via che invece lo portava al mare. Nei giorni in cui la tristezza della sua terra l'assaliva allora solo il suono delle onde,i riverberi del sole sullo specchio salmastro,riuscivano a lenirne il ricordo.......di Vucisano,le fiere,la campagna…le vicine montagne….

La Sicilia in verita' non era poi cosi' desiderabile per chi alla fine vi giungeva speranzoso .Veniva infatti ,in tali anni, fuori da un periodo di grande depressione, con una popolazione che non subiva neanche incrementi di numero, a causa delle varie guerre che si erano succedute, degli esosi "donativi" richiesti,

delle carestie ed epidemie e dei terremoti; ma il Catizone, testardo e volitivo, riesce ad andare avanti dignitosamente. .Svolge un ruolo, allora inusuale per i tempi, quello di "manager" di un grosso magazzino che esporta grano in Inghilterra.Viene,   pero',spesso a duri scontri con   i possidenti,gente dalla cultura ancora feudale: *<nell'Italia del sud l'esportazione del grano   declinera'>*diceva   infatti Marco Tullio*< perché non ci sono investimenti e l'innovazione non riuscirà a garantire la stessa produzione, Scendendo la produzione non ci saranno eccedenze da esportare>*-
Ma erano, questi ed altri ,discorsi di economia troppo avanzati per quelle orecchie ancora medioevali.

Eppure riesce a lavorare e , soprattutto, guadagnare in un contesto storico negativo di una città,Messina, che attraversava un periodo di profonda crisi economica, col   commercio della seta che iniziava il declino e l'amministrazione in mano ad un ristretto gruppo di nobili ,che spendeva le finanze solo per accrescere il proprio potere.

 Eppure ,proprio a proposito di sperperi altrui, era riuscito a far ottenere, ad un suo conoscente costruttore, un appalto per il il teatro marittimo ,un appalto di ben un milione di scudi!

Ma, dopo qualche anno della sua permanenza nell'isola ,una serie di cattivi raccolti ne peggiorò ancora la situazione della popolazione   che   cominciò   quasi   a   morire   di fame.L'esportazione diminui' ed in citta' dal punto di vista politico vi furono profonde divisioni venendosi a creare   due fazioni che contribuirono di piu' al dissesto.

Erano quella dei Merli (merli), che voleva un governo fatto dal popolo e che rivendicava la costituzione, e quella dei Malvizzi (tordi), che voleva tenere inalterati i tanti privilegi,che la città aveva acquisito nel tempo, e mantenere la classe senatoria.

 In tal confusione un certo Luigi de Hojo, stradigoto della città,che ,dal suo punto di vista ,imputava la crisi allo strapotere e agli illeciti guadagni dei ricchi , appoggiò ,cavalcando tali tumultuosi frangenti ,la causa dei Merli. Ottenne cosi' che il senato fosse rappresentato da tre membri del popolo e tre dell'aristocrazia, mentre prima erano 2 a 4 a favore degli aristocratici. L'Hojo voleva infatti far pensare che, mentre la plebe languiva, i patrizi erano provvisti di grano e vettovaglie. Le malvagie intenzioni dell'Hojo raggiunsero cosi' il loro effetto .Il popolo, persuaso da quelle affermazioni, si armò e assalì la case dei Senatori,che ,malgrado tutto, erano stati i grandi artefici della Messina che fu, mettendole a sacco e fuoco. Nacquero in tale periodo cosi' tumulti quotidiani, nei quali furono incendiati ben 18 palazzi. La città era caduta in preda della guerra civile.

Gll aristocratici , adirati, fecero allora ricorso al Viceré, principe di Lygny,'che con un editto sostituì dellHojo con il marchese di Crispano.

Ma poiche' il Crispano proseguì, comunque, l'opera del suo predecessore ,poco tempo dopo,i Malvizi ripresero di forza la maggioranza del senato, cacciarono lo stradigoto e impedirono l'ingresso nella città del nuovo viceré Baiona.

Inoltre a scopo dimostrativo fecero giustiziare alcuni dei capi dei democratici e, visto che non si sentivano più garantiti dai sovrani spagnoli, chiesero soccorso al re di Francia che era in guerra proprio con la Spagna. Questa,dunque, fu una rivolta voluta anche dalla classe ricca che non voleva perdere i privilegi acquisiti e temeva la liberalizzazione della costituzione che avrebbe incoraggiato le pretese dei ceti più bassi.

Il   sovrano francese mandò cosi'undici navi al comando del Cav. Valbelle con l'intento segreto di conquistare la Sicilia. Quando Il 28 aprile il francese duca di Vivonne riuscì ad insediarsi a Messina come viceré,mentre gli spagnoli si erano ritirati a Palermo, creando così due distinti governi, uno spagnolo a Palermo ed uno francese a Messina,il Catizzone che

viveva in prima persona tali vicende ed era riuscito ad inserirsi argutamente negli affari, grazie all'appoggio di conoscenti del gruppo dei Merli(vedi l'appalto del teatro),abbandono' le idee conservatrici e troppo manifeste ,proprie anche del suo amico Tonio, e si butto' decisamente sotto bandiera .Fece cosi',per dimostrare il suo nuovo credo, da padrino di battesimo del secondogenito del proprietario del palazzo che l'ospitava : uno dei notabili che invece promuovevano, in tale caos ,nuove idee e nuovi partiti politici ,anche se in modo piu' occulto.
Tale era infatti Alberto Tuccari, poeta e soldato valorosissimo, il quale ,sotto le insegne di Venezia ,si era anche distinto nella battaglia del Peloponneso .
Era questi uno dei fondatori della Accademia della Fucina di Messina, che era diventata, anche se in maniera poco evidente, un focolare di rivoluzione, meglio delle altre, sorte in contemporaneita' in tante parti dell'isola.

Ad essa appartennero i migliori ingegni e le menti più dotte della citta' tanto che, in meno di mezzo secolo di vita, potè dare alla luce vari libri di poesia e di prosa, tra i quali, oltre alle solite puerilità accademiche, si comprendono opere di letterati e di scienziati illustri.
 La importanza scientifica della Fucina fu senz'altro anche nella parte che l'Accademia ebbe nella strenua lotta della nuova

scienza   contro   l'aristotelismo.

Ritorno' cosi' ai vecchi amori anche il Marco Tullio.
Si ricordo' in tale periodo dei suoi trascorsi come studente,delle sue notti a leggere, sotto l'aurea della luce fioca di una candela, i libri del padre,gli scritti dei filosofi greci; si ritrovo' anche poeta, se di lui rimane a ricordo anche questo piccolo brano ,di alcune poesie scritte in Messina ed andate perse

"….L' ammirabil Fucina, a la cui traccia
si scorgevano ancor Pindaro il Greco,
il Lirico latino, il Tosco Omero,
il grande, che cantò l'Arme e gli Amori,
quel Scipio, che l'estinta arsa Babelle
tra le ceneri sue rese immortali,
e d'eroi laureati immenso stuolo….."

Forse e' proprio tra questi versi che, per la prima e forse unica volta ,evidentemente ritroveremo la parte migliore del Catizone ,che invece, in seguito,come spesso accade in molti di noi,eventi,momenti di vita quotidiana,amicizie quantomeno strane, aiuteranno a farla soccombere, in vittoria della parte peggiore .

Cio' avveniva ,a sua discolpa, nell'epoca nefasta in cui la Spagna imponeva il suo mal governo a mezza Italia, stringendo un cerchio di ferro ad ogni aspirazione di libertà e inquinando tutta la vita del popolo italiano in ogni sua più intima e più varia manifestazione ,trovando come controparte un popolo " ignorante della sua forza e rassegnato alla servitù.

Ed anche lo scenario politico europeo ,in generale, stava cambiando ovunque ed anche il re francese, dopo la pace di Nimega, stipulata tra Francia, Spagna e Olanda, abbandonava a se stessa Messina.

L'abbandonava ,in verita'un poco prima di tali avvenimenti temendo ripercussioni da parte dei suoi nemici, anche il Catizone, che ,con l'apporto degli scudi e ducati, guadagnati col lavoro e le precedenti influenti amicizie, iniziava cosi' il suo peregrinare per l'Italia .

Lasciata Messina su un barcone,una vecchia battana a due vele,si portava prima in una spiagetta della dirimpettaia costa di Reggio,sbarcando in una lingua di terra che anticamente costituiva il porto naturale della citta' .

Era questo un luogo al riparo dalle correnti dello stretto e dai venti, dove i locali narravano esistesse anticamente un promontorio poi sprofondato, per un movimento bradisismico, assieme ad un monastero che ivi sorgeva.Cio' era stato causato dalla incauta deviazione del fiume Calopinace ,operazione eseguita appunto qualche decennio prima per la costruzione del Castelnuovo. La restrizione del Calopinace entro un alveo più ristretto fu voluta proprio per poter realizzare quella che avrebbe dovuto essere una grandiosa postazione a difesa dell'antico porto, ma dopo soli 15 anni dall'inizio dei lavori (di cui gli ultimi 6 di inattività, in quanto erano già stati sospesi) si verificò lo sprofondamento completo di Punta Calamizzi, naturale difesa del porto dai forti venti di Libeccio e di Scirocco. Venendo a mancare la difesa naturale, fu accantonato il vecchio progetto e il luogo venne usato dapprima per l'esecuzione di pene capitali, successivamente come postazione per una cospicua artiglieria

Una fortificazione che il Catizone ammirava ora, sorgere imponente, sul fronte a mare della città.

Da li' al calar del sole, si mosse ,memore di vecchie letture giovanili dei viaggi di un certo Strabone,di cui suo padre faceva spesso menzione ,verso un villaggio vicino alla citta' di Reggio, chiamato Pellàro o Pèllaro, sito sul mare, posto in quella che era chiamata Fossa di San Giovanni.

Il villaggio che si presento' ai suoi occhi, al tramonto di un sabato di novembre,era costituito da una chiesetta col campanile accanto una adiacente piazzola ,detta La Madonnella ,dove si sentiva forte il vociare dei ragazzini frammisto a quello di pescatori.Piu' in la'si scorgeva il maestoso palazzo del comune,con gli uffici,un molino ed in fondo le poche case, tra le quali pero' si notava, per la sua magnificenza, quella di un

pittore, che si diceva fosse alquanto bravo,un certo Vitrioli.Era un villaggio di pescatori-contadini,anche se poi negli anni parecchi si erano trasferiti a Mongiana, per lavorare nelle fabbriche siderurgiche.
Qui soggiorno', in una specie di locanda situata a ridosso della piccola insenatura, dalla sabbia fine e color oro .
 Nel golfo si scorgevano, ancorate lontano ,una galea e due vascelli , con sopra un formicolio di fabbri,falegnami,marinai che sembrava cercassero di operare la chiusura di numerose falle, per poterle farle ripartire ;
erano navigli ancora li' fermi, reduci ammaccati , dopo la vittoriosa ma cruenta battaglia di Lepanto.
E qui conobbe anche per la prima volta la metodologia della trasformazione di uno strano frutto, simile ad un limone ,in una sostanza   che   i   locali   nomavano"essenza   di bergamotto",profumatissima e quasi inebriante.
Poi ,dopo due giorni ,si avvio per Roma.
Intraprese il viaggio attraverso quella che era chiamata la Via Popilia o Via Annia. Un'importante strada romana ,costruita

addirittura nel 132 a.C.;

Fu' in quell'anno infatti che la magistratura romana decretava la costruzione di una strada che congiungesse stabilmente Roma con la "Civitas foederata Regium", estrema punta della penisola italica.

Durante meta' del percorso accadde un fatto strano.

 Il Catizone si trovo' a passare vicino Civitella Alfedena,paese che si trova nei pressi dell'attuale lago di Barrea e dove a quei tempi il fiume Sangro si immetteva presso la forra di Barrea .Qui, quasi involontariamente, rimase coinvolto ad intraprendere lo stesso viaggio con alcuni pellegrini provenienti da Castel di Sangro

L'occasione, rimasta memorabile e ritenuta particolare, era infatti proprio questo straordinario pellegrinaggio con cui   in quell'anno ,ed   in anticipazione dell'Anno Santo indetto dal Papa, anche "li Fratelli e Sorelle della Illustrissima Compagnia di castello di Sangro decisero di raggiungere l'Alma città di Roma insieme al felice stuolo di fedeli numerosissimo , sotto diversi stendardi aggregati a diverse Archi di Confraternite".

Percorsero insieme il cammino sino alla citta' santa ,lui avanti sul suo ,diciamo piu' comodo, cocchio ed i pellegrini a seguire a piedi, devotamente trasportando a spalla il simulacro della loro Madonna del Rosario, da poco realizzato.

 Si avventurarono cosi' per il disastroso e lungo viaggio di sei giornate, affaticati e malconci sia per il tempo assai piovoso sia per la strada accidentata.

Quando finalmente "pervennero"insieme alla meta,che era l' 11 di Novembre ,furono costretti a ritirarsi nei diversi alberghi, per il maltempo ,"impediti dalla incessante pioggia, e, mentre i pellegrini, né quel giorno né il successivo potettero riunirsi nella processione ,che' soltanto il tredici del sopradetto mese potè essere intimata, con inconsueta solennità,"… anche il povero Catizone restava avvinghiato nelle brune coltri del letto, posto nell'angolo di una spoglia stanza , piccola e semi oscura, dove anche lesioni nei muri e calcinacci ne tratteggiavano la vetustita'.

A letto, infastidito da una febbre altissima e da dolori atroci agli arti, tranciati dall'umidita'e dall'acqua assorbita.

 Fuori le mura , ove si trovava la sua dimora temporanea,tuttavia poteva scorgere lontano, attraverso l'unica finestrella che si apriva nel giardino "delli Signori Robberti", i paesani di Castel di Sangro , tutti indossando l'abito bianco e la mozzetta nera, e provenienti dalla sagrestia della Minerva,andare alla vicina fontanella ,incrostata di secche erbacce , la' da dove i Padri domenicani , preceduti da una croce d'oro e da una "bandinella di rase bianco, fiorata di rose di ricamo", giungevano al calar delle prime tenebre, per incontrarli.

Di non comune sfarzo fu poi   la visione che ebbe   de "l'Ordinanza" della processione , che lo stesso notava nella notte rischiarata dalle fiaccole,che, alcuni di loro,avevano al momento costruito utilizzando arbusti presi da un tronco del vicino giardino ed aventi ad un'estremità panni o funi imbevute di resine,cere.

 Essendovi cosi' delle buone coppie di torce accese ,di quattro libre l'uno, la processione   s'incamminava nell'oscurita' incipiente, anche con l'assistenza di alcuni signori romani ,che facevano cosi' anche sfarzo dei loro variopinti mantelli

. I cortei papali e quelli delle famiglie nobili facevano così un tutt'uno con le processioni che si organizzavano per visitare le basiliche romane, le famose sette Chiese.

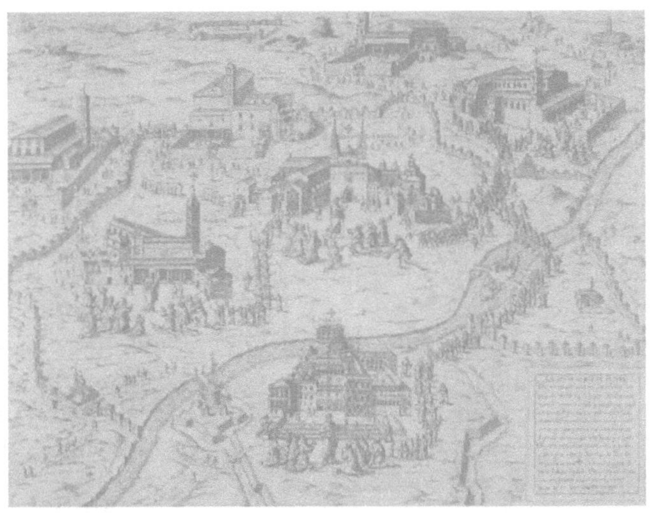

"Alla ordinata Processione "noto' anche come servivano da guida due Mandatari, vestiti di panno bianco e mantello bianco, con mazze inargentate, seguendo a questi altri con la Croce di argento del convento ,con la bandinella ornata di rose ricamate che alludevano al Rosario. Seguirono, dopo la Croce, molte coppie di Padri domenicani con la cappa nera.

Dopo dei quali seguivano ancora fratelli "con cigne di cordovano nero e due lanternini bianchi, posti ad oro con vetri".

Ed essendo l'entrata delle Compagnie in Roma una delle principali funzioni, esercitate ogni venticinque anni, con l'entrare dalla Porta del Popolo, sopra la soglia della medesima, genuflessi, i Fratelli la baciarono devotamente, in reverenza del Sangue sparso dai tanti santi Martiri nella pianura di Roma.

Seguirono altre coppie di Fratelli che reggevano il Gonfalone," fatto a bandiera ,di damasco bianco e con le immagini della beata Vergine del Rosario, del Patriarca San Domenico, e di S. Caterina da Siena".

Gonfalone   preceduto da quattro trombettieri del Senato di Roma, vestiti di velluto liscio rosso e trine d'oro.

Questi, in diverse strade di Roma, "affiatarono le trombe ed affinché la processione meglio rilucesse, intramezzarono tra una coppia e l'altra dei fratelli, una coppia di Padri domenicani tutti con il rosario nelle mani , mentre   il Crocifisso veniva sorretto da altri tre fratelli;"

 Finalmente al comparire del Talamo e della santissima Immagine ....l' applauso del popolo.

Fine.

 Un' esperienza fortissima, che esalto' il giovane Catizone, nella sua visione futura di un mondo che vedeva, si' piu' artificiale che reale, ma che esprimeva, proprio in tale occasione, lusso e magnificenza,uno sgfarzo enorme,   in contrapposizione alla miseria lasciatasi alle spalle.

A Roma , sosto' solo cinque mesi,ma furono i mesi piu' gioiosi della sua tumultuosa e breve esistenza.

Frequentando zona transtevere ,conobbe qui anche una giovane fornaia ,tale Rosetta.

I sentimenti che provo' per questa romana, dal viso tondeggiante, con due gote rosse, che denotavano uno stato di salute eccellente,cambiarono ,anche se solo per poco,il modo di comportarsi di Marco Tullio.

Ora gentile,quasi anche troppo sdolcinato nei modi per essere capito da una giovane ed un poco rozza donzella,si domicilio', per amore, vicino vicolo del Cedro,Lui di nobili origini si fece anche assumere come.......garzone,e divenne aiuto panettiere.

Per la prima volta la forza dell'amore era prevalsa sulle sue genetiche ambizioni !!!!

In tale periodo in Roma ebbe anche l'occasione ,storica, di assistere alla esecuzione di una certa Beatrice Cenci.

Roma tornava ad essere la capitale culturale d'Europa. Migliaia di artisti provenienti da tutta Italia ma anche da Spagna, Francia, Germania, Fiandre, Paesi Bassi approdarono nella Città Eterna attratti dalle ricche committenze ecclesiastiche. Durante i pontificati di potentissimi uomini di grandi casate, come Clemente VIII Aldobrandini, Paolo V Borghese, Gregorio XV Ludovisi, Urbano VIII Barberini, l'arte venne investita di una missione propagandistica contribuendo, accanto alla religiosità e alla giustizia popolare a volte cruenta In quello stesso periodo infatti si consumarono come vedremo, nel breve lasso di tempo di cinque mesi, ben due esecuzioni esemplari che scossero la città intera: quella di Beatrice Cenci e quella di Giordano Bruno per dar "lustro"agli stessi pontefici.

L'esecuzione di Beatrice, della matrigna e del fratello maggiore, alla quale assistette dunque con emozione il nostro Catizone ,avvenne la mattina dell'11 settembre nella piazza di Castel Sant'Angelo ,gremita di folla. Tra i presenti anche un certo Caravaggio ,insieme con il pittore Orazio Gentileschi e la figlioletta, anch'essa futura pittrice, Artemisia.

La giornata era molto afosa e la calca che si era formata provoco' nel contempo anche la morte di alcuni spettatori; qualcun altro addirittura cadde ed annegò nel Tevere.Lo stesso Catizone si ritrovo'a fine giornata pieno di lividi al torace..

La decapitazione delle due donne fu eseguita in modo violento
con la spada. La prima ad essere uccisa fu Lucrezia, seguì poi
Beatrice ed infine Giacomo:questi seviziato, durante il tragitto,
con tenaglie roventi, mazzolato e infine squartato.

Il caso Cenci divise l'opinione pubblica del tempo .

Si dice che, esasperata dalle violenze e dagli abusi paterni, Beatrice fosse giunta alla decisione di organizzare l'omicidio del padre Francesco con la complicità della matrigna Lucrezia, i fratelli Giacomo e Bernardo, il castellano Olimpio Calvetti ed il maniscalco Marzio da Fioran detto il Catalano .

Il Catalano addirittura,per inciso, era un conoscente del Catizone.

Lo incontrava spesso infatti ,nella sua bottega, per le innumerevoli richieste di pareggio e ferratura del suo cavallo arabo, dovute queste, nella Roma di allora, al fatto della scarsa presa del ferro su superfici ,quali lastroni e pavimentazioni in pietra ,che implicavano spesso la concreta possibilità che il suo cavallo scivolasse .

Per due volte il tentativo di omicidio della Cenci fallì: la prima volta cercò di sopprimere il padre con il veleno, la seconda con un'imboscata di briganti locali. La terza, stordito dall'oppio fornito da Giacomo e mescolato ad una bevanda, fu assalito nel sonno: Marzio gli spezzò le gambe con un matterello, Olimpio lo finì colpendolo al cranio ed alla gola con un chiodo ed un martello. Per nascondere il delitto ,i congiurati tentarono di simulare una morte accidentale per caduta. Fu aperto un foro nelle assi marce di un ballatoio della Rocca di Petrella, tentando d'infilarci il cadavere. La cosa non riuscì: il foro era troppo piccolo. Decisero allora di gettarlo dalla balaustra.

Il corpo di Francesco fu trovato in un orto ai piedi della Rocca. Dopo le esequie ,il conte fu sepolto in fretta nella locale chiesa di Santa Maria. I familiari, che non parteciparono alle cerimonie funebri, lasciarono il castello e tornarono a Roma nella dimora di famiglia, Palazzo Cenci, nei pressi del Ghetto.

Arrestati tutti,Marco Tullio fu spesso presente ai processi nei quali furono chiamati a testimoniare molti suoi conoscenti del ghetto.

Il processo fu affidato al giudice Ulisse Moscato ed ebbe un grande seguito pubblico. Nel dibattimento si affrontarono due tra i più grandi avvocati dell'epoca: l'alatrese Pompeo Molella, per l'accusa, e Prospero Farinacci per la difesa. Farinacci, nel tentativo di alleggerire la posizione della giovane, accusò Francesco di aver stuprato la figlia. Ma Beatrice nelle sue deposizioni non volle mai confermare l'affermazione del difensore. Alla fine prevalsero le tesi accusatorie di Molella e gli imputati superstiti vennero tutti giudicati colpevoli e condannati a morte.

Cardinali e difensori inoltrarono richieste di clemenza al pontefice ma il Papa, preoccupato per i numerosi e ripetuti episodi di violenza verificatisi nel territorio dello Stato, volle dare un severo ammonimento e le respinse: Beatrice e Lucrezia, furono condannate alla decapitazione, Giacomo allo squartamento. Solo per Bernardo il pontefice acconsentì alla commutazione della pena.

Decapitato fu poco tempo dopo anche il suo sogno d'amore, quando Marco Tullio, una mattina, rientrando nella casetta del forno posta vicino Porta San Pancrazio, trovo' la sua Rosetta nuda ,stesa sul dorso,quasi a far sfoggio delle sue grosse natiche piene di rossi puntini ,indici anche di una pelle malcurata,godere," incaprettata" sessualmente, del vigore atletico del giovane garzone Pietro emettendo sospiri di acquisita grande goduria ai colpi vibranti del possente amante.

Resto' incredulo e mistico per alcuni istanti.Come pure i due amanti nel vederlo.

Sembrava che il tempo si fosse fermato in quella scena di sesso,poi ….l'orologio della vita riprese a tintinnare e……voltate le spalle, il nostro si allontano'a capo chino.

Il suo grande amore,la sua Rosetta………..Roma…….il panificio……ed il garzone………

Lasciata la citta' eterna ,con una pietra nel cuore ed un pallore cadaverico per il livore e la rabbia represse, si diresse   verso Loreto

.Ed ora ,che era entrato, in contrapposizione di stati d'animo, quasi in una nuova forma di depressione mistica ,si portava cosi' verso quella che segnalavano tutti come uno dei più importanti e antichi luoghi di pellegrinaggio mariano del mondo cattolico.

 L'intenzione era anche di recarsi, in seguito, attraverso soste a Verona e Ferrara nella lontana e mitica citta' di Venezia. Ovvero il piu' lontano possibile da Roma.

A Loreto,raggiunta dunque per una breve sosta,posto' il cavallo da uno stalliere e si fece indicare un luogo dove mangiare Si sedette ai piedi di un lunghissimo tavolo, dove ,piu' che abbondante cibo ,si potevano notare i numerosi buchi dei tarli ma dove anche , per verita',era pronta una fumante pentola di fagiuoli, con molta cipolla dentro e rape, cotte, al punto giusto, sotto abbondante cenere . Proprio qui' incontro' un giovane scultore che si ritrovo' ,per caso , assiso accanto a lui a pranzare, in quella che era l'unica trattoria del posto, dove si era fermato anche per riposarsi nottetempo. Si misero a raccontare i due, come si fa tra commensali sconosciuti , in tali posti, delle reciproche vicende di vita.
Questo signore si chiamava Carlo,Carlo Maderno.

.

Raccontava a sua volta del suo amore-odio verso un suo parente,lo zio Giovanni,cui era stata commissionata , assieme a lui, la realizzazione della maestosa fontana che avrebbe ornato la piazza del Santuario.
Marco Tullio notava nell'artista l'amore, ma anche un piccolo senso di invidia , nei confronti di Giovanni e cercava ,riempiendogli continuamente il calice,di far annegare,nell'oblio del

vino, il velo di rancore, traducendolo nell'atipica dialettica allegra dei beoni.

Ci riusci'!

Ma alla penalizzazione di un grande stordimento alcolico, la cui nebbia lo avvolse per un giorno intero.

Svegliatosi mezzo inebetito,con le ossa rotte che si dimenavano sopra un fienile, uscito da chissa' dove,si riportava alla transitoria dimora della locanda.

Ripresosi e rifocillatosi con una calda bevanda di latte di capra,intraprese il cammino programmato verso il nord, con tappe a Verona e Ferrara ,per poi, ultima meta, come detto, Venezia.

Anche se inizialmente forse la vera meta finale era proprio ,nella sua testa ,la citta' di Giulietta e Romeo.

Citta' che era in fondo il secondo nodo commerciale dello stato,grazie alla sua dogana , filtro dei commerci con l'area germanica.

E tutto l'emporio lagunare dimostrava gia' dall'ultimo decennio del Cinquecento un'accelerazione nella crescita del volume di traffico, che dal 1530 in poi si era andato intensificando anche in virtù propri dell'aumento della produzione manifatturiera veneziana

Nell'anno cosi' ,si progettava proprio a Verona, alle spalle della Basilica di San Fermo, la costruzione della nuova dogana di terra.

Iniziata anni dopo sara' costruita a tempo di record.

Ma il suo completamento, lungi dal rappresentare un momento di festa, segnera' invece l'esplodere di una polemica che vedra' contrapposte la suddetta Verona e la Repubblica di Venezia.

Motivo del contendere lo spirito secondo il quale Verona ha progettato e costruito l'edificio pubblico: una mai troppo celata insofferenza alla dominazione veneziana, stavolta uscita decisamente allo scoperto. Un atteggiamento che, ovviamente, la Dominante non poteva accettare passivamente: di qui nacque un'aspra contesa che, per la Serenissima, si sarebbe conclusa in seguito con una vittoria dal sapore amaro.

Il Catizone ,persona che abbiamo visto abbastanza colta ed attento ai possibili affari, aveva seguito, anche dalla lontana zona meridionale ,tutte le vicende che portarono alla necessità oggettiva, per Verona e per la Repubblica del Leone, di disporre di un nuovo punto di sdoganamento e di controllo sanitario delle merci che viaggiavano via Adige. La città scaligera, da secoli infatti nodo di vitale importanza per il commercio, aveva conservato tale ruolo primario anche in età veneziana. Eccezionale era infatti l'importanza della via fluviale dell'Adige, corso d'acqua navigabile quasi per intero: per la sua posizione privilegiata sulle rive di questo fiume, Verona era diventata un punto d'accesso di fondamentale importanza per le merci che entravano nel territorio della Serenissima. E il suo ruolo divenne ancor più determinante dopo che, in seguito alla scoperta dell'America, i grandi traffici marittimi si andarono via via spostando verso le acque dell'Atlantico, portando ad una consistente riduzione dell'importanza di Venezia. Proprio l'Adige, infatti, divenne una via di comunicazione privilegiata nei traffici fra l'area mediterranea e il nord delle nascenti potenze commerciali, Inghilterra ed Olanda.

Tutto questo aveva progressivamente portato Verona a divenire il porto più importante (dopo Venezia) della Serenissima.
Il dazio di entrata, di uscita e di transito di Verona fruttava alla Repubblica ingenti somme dl denaro, ed era, in assoluto, il più importante di tutti i dazi riscossi sulla Terraferma.
 Non stupisce perciò il fatto che, già nel quattrocento, la città ospitasse ben cinque dogane: quelle fluviali dell'Isolo (deputata allo smistamento del traffico "discendente", ovvero in arrivo dalle regioni del Nord), del Ponte Navi (per il traffico

"ascendente", cioè in partenza dal territorio veneziano) e di Badia, nella bassa veronese (per il traffico "trasversale", ossia di collegamento tra l'Adriatico e la Lombardia); quelle terrestri di Piazza Erbe ("Dogana centrale", per tutte le merci in transito via terra) e del Mercato Vecchio (riservata al commercio della seta).

Nella possibilita' di iniziare lucrosi affari,Marco Tullio,depositate moglie e figlia da una comare in Roma,aveva premeditatamente iniziato una relazione con una zitella, per niente bella ed anche scorbutica, di Este.
Scarna,magra,un grosso foruncolo sull'ala sinistra di un maestoso naso e ,per chiudere ,con un' alitosi che impediva al suo amante focosi baci, che invece venivano deviati in gentili baciamani, la Rose Levi aveva tuttavia una caratteristica

importante :era ebrea, ma una ricca ebrea.

Cosa significava per lui entrare nel cerchio magico degli ebrei di Verona?

Bhe,con le prerogative economiche di cui sopra ,nella citta' scaligera ,e nella possibilita' di nuovi affari,per gli ebrei ivi stabilitosi,l'iniziale costrizione al solo mestiere del prestito, venne chiaramente via via nel tempo   ad alleggerirsi ,consentendo appunto   invece il massivo ingresso   nel commercio e nel campo della tessitura. È anche proprio in conseguenza dell'aumentare della presenza degli stessi nei commerci,   su spinta del vescovo Valerio, nel 1600, venne istituito anche il loro ghetto.

A differenza di Venezia pero', dove gli ebrei vennero costretti in ghetto forzatamente nel 1516, la creazione del ghetto incontrò invece ,nella citta'scaligera, i favori entusiastici della popolazione ebraica. Venne destinata a ghetto la zona che oggi si trova tra via Mazzini e via dei Pellicciai, sempre in prossimità di Piazza delle Erbe .Gli ebrei iniziarono nuove attività entrando nel commercio del tabacco, nell'esattoria, nella mediazione.

E proprio in in una palazzina, posta tra via Pellicciai e la traversa di via Pertici ,in un appartamento situato nel palazzo detto dei Lombarti,dove le alte colonne si alternano, le bianche e lucide romane ,come in un gioco di colori con le quadrate dai mattoni bianchi e rossi,e dove grigi piccioni invece firmano la presenza con i loro tossici escrementi,li' ,in un appartamento ben arredato, si dimorarono ben presto i nostri due...........colombi.

Una vita giornaliera convulsa, fatta di di intermediazioni ,tra i suoi amici produttori di tessuti ed i compratori provenienti da ogni parte della penisola

.Giornate a tessere non filati ma contrattazioni stucchevoli anche se redditizie nei pressi della dogana.

Mesi cosi,'ed a sera…. dalla Rose Levi

.Capirete non era vita da Catizone,non poteva durare a lungo….e cosi'……lui amante dei cavalli,della liberta'………..

Una notte ,di quelle ombrose che spesso avvolgono Verona e dintorni,montato proprio su un cavallo bigio, preso "in prestito" dal custode del palazzo di dogana,tal Marco,ed insalutato ospite anche con la compagna,inizio' la sua nuova avventura dirigendosi di gran galoppo verso Venezia.

Nei pressi di Ferrara un violento acquazzone lo costrinse a fermarsi.

Si porto' nel cuore di Ferrara, gia' da allora nomata come citta' d'arte, in un vicolo di Via San Romano, nell' antica zona del Ghetto Ebraico ,dove forse reputava di poter incontrare qualche conoscente dei suoi amici,e dove vi era la Locanda delle Agucchie.

Era un posto ideale per sostare perche', a parte il modesto costo dell'alloggio ,che per le tasche del nostro al momento era importantissimo,la stessa si trovava vicino al Castello Estense, a soli 50 metri dalla locanda ,ed anche da altri edifici, come il Palazzo dei Diamanti, fiero e maestoso, Palazzo Schifanoia, dall' affascinante bellezza, uno dei monumenti più interessanti di Ferrara,tutti dunque a portata di mano per eventuali contatti ,che Marco Tullio ,geneticamente, cercava sempre di attirare.

Stavolta gli ando' male.
La prima notte venne trascorsa nel dolce riposo delle membra di un uomo stanchissimo.
La seconda invece,avvinazzato da una serata passata assieme a tre balordi ,di cui non avrebbe il giorno dopo neanche ricordato i tratti del viso,si ritrovo' la mattina del giorno dopo, disteso sul suo giaciglio con un grosso ematoma alla tempia destra.
Stordito ,si rialzo' barcollando.
Penso' al vino della sera prima.Si diresse verso la bisaccia gettata con gli abiti su una vecchia sedia di paglia,apri' la tasca

laterale per estrarne un po' di una polvere che usava per disintossicarsi .

Si trattava di un estratto composto da cardo mariano. Il cardo mariano godeva infatti di molta stima nella medicina popolare. La pianta, ricca di virtù terapeutiche , la rendono preziosa in particolare nelle disfunzioni epatiche; Aveva infatti il cardo una lunga storia nella medicina popolare come tonico per il fegato e la silimarina poi contenuta nello stesso aveva dimostrato un effetto protettivo contro molti tipi di tossine chimiche, incluso nel caso l'alcool.

Marco Tullio ne miscelo' un poco in una brocca piena di un quarto di acqua e la bevve;

poi ripose il rimante nella bisaccia ma......ma...... i duecento biglioni che aveva nascosto in fondo,in fondo alla sacca, tra due mele ed un fazzoletto rosa,erano .....spariti!!!!!

Spariti forse nelle mani dei suoi tre compari ,che, in cambio, gli avevano regalato il gran bernoccolo sulla sua capa alcolica.

Per chi non lo sapesse il biglione, che aveva accumulato durante i suoi traffici in Verona, non e' un serpente e neanche un utensile, era invece piu' concretamente il detto cagliarese, ovvero una moneta, dapprima detta appunto biglione, poi emessa in rame e battuta a Cagliari. I primi furono emessi da Ferdinando il Cattolico con il valore di due denari poi ,nel XVI secolo, con Carlo II ,divenne appunto di rame e ,dopo il passaggio della corona di Sardegna ai Savoia,tale la moneta fu ancora battuta fino al 1813.

Duecento biglioni volatilizzati....!!!

Insomma, senza denari in sacca, fu' costretto, per evitare il secondo colpo ,stavolta' nell'altra meta' del capo, che senz'altro gli avrebbe inferto il padrone della locanda ,a calarsi, a mo' di evaso ,allacciate delle lenzuola,dal balcone della locanda ,ed involarsi ,nel tardo pomeriggio,sfruttando cosi' l'ora in cui la maggior parte dei ferraresi erano appisolati,con direzione la laguna.

Venezia di inizio 1700 e' una citta' assediata.

Il secolo si apre infatti con la guerra di successione spagnola. Venezia mantiene si' la sua neutralità, ma truppe francesi e austriache compiono continue scorrerie e 'scaramuccie' nel territorio veneto.

Doge del periodo e' Alvise II Mocenigo.

Un 'mezzo prete' senza polso, ricchissimo e bigotto, la cui preoccupazione principale è di comprare messe di suffragio (e lasciti monetari a coloro che presenziano) per celebrare la sua futura morte. La salute dell'anziano doge fu infatti letalmente compromessa dopo un rigido inverno : alla sua dipartita confermò la sua profonda devozione, per alcuni versi

certamente esagerata e bigotta, lasciando un capitale da spendere in quattromila messe in suffragio e 1.000 all'anno da offrire ai conventi in occasione delle commemorazioni, che sarebbero avvenute a San Stae.
Ma era un periodo incerto ed instabile in tutto il continente europeo.
Anche in Portogallo si vivevano da tempo periodi storici oscuri. La crisi successoria nel Portogallo fu la conseguenza della morte senza eredi di re Sebastiano e del suo successore Enrico I .

Il corpo del primo,morto in battaglia,non era mai stato ritrovato, ed in breve tempo cominciarono a circolare voci secondo cui, in realtà, il sovrano era sfuggito alla morte e sarebbe presto tornato a guidare il suo popolo .

Le Cortes portoghesi pero' dovevano decidere chi, tra vari pretendenti poteva occupare il trono ; però ,prima che la elezione venisse fatta, il re castigliano Filippo II, facendo valere il suo diritto alla successione alla corona portoghese, ordinò l'invasione militare del paese.

Fu l'inizio del periodo dell'unione dinastica di tutta la penisola iberica, che durò fino al 1640, data d'inizio della guerra di restaurazione portoghese.

In questo caos totale non poteva che approdare e mettere il marchio il nostro Marco Tullio!

In tale bagarre infatti un procedimento della coscienza mitica popolare prospettava come attesa messianica un Sebastiano principe" redivivo" ed infatti alla sua morte si diede vita alla leggenda del ritorno del defunto ed al nascere di un atteggiamento messianico definito storicamente come sebastianismo ,che collegava il ritorno del re scomparso al piu' interessato riscatto dell'identità nazionale portoghese.

Bisogna ricordare che , nel sebastianismo, ben tre persone si erano lasciate irretire in questa trappola, pagando sempre un prezzo piuttosto salato al mito nazionale portoghese.

Aveva poi conosciuto, nella sua permanenza a Verona,il nostro Catizone , un ciabattino ,tal Gonçalo Eanes detto Bandarra, che tutti in citta' giudicavano pazzo.

Questo basso,tozzo uomo,con uno sporco codino che le madide mani accarezzavano sempre quasi a focalizzarne la "bellezza" ,era solito infatti ,tra un tacco ed un cuoio di stivale, comporre alcuni versi destinati a divenire poi stranamente celebri.

È questo un personaggio rozzo e senza cultura che, dopo essersi messo a leggere la Bibbia in portoghese, allaccia contatti con i cristiani nuovi, ai quali si rivolge poi addirittura per farsi spiegare i passi che non comprende.

Mescola quindi, a caso ,citazioni da passi della Bibbia, confusi ricordi della poesia popolare tradizionale, il mito dell'Occulto, che affonda le sue radici nella vicina Spagna (frutto delle profezie non canoniche attribuite a Sant'Isidoro di Siviglia), le Coplas di fra Pedro de Frías (sorta di parafrasi in rima popolare dei testi dell'arcivescovo di Siviglia), e le Profezie di fra Juan de Rocacelsa .

Bandarra inserisce inoltre profezie della tradizione orale, vestigia di leggende del mito di re Artù, critiche sociali alla corruzione e alla prepotenza dei grandi e il risultato finale è una sorta di caotico dramma pastorale profetico che, secondo le intenzioni dell'autore, è una protesta contro tutte le usurpazioni ai regnanti defunti.

Diventa il vate del Catizone.

Quest'ultimo gli porta ogni mese le stesse calzature da riparare,ma lo scopo evidente e' cercare di comprendere ,tra le rime farneticanti ,qualcosa che lo possa interessare sulle successioni reali.Una impresa senz'altro ardua se ,a spiegargliele ,e' un vecchio pazzo ignorante!

Il Catizzone nel frattempo ,in Venezia , si era poi sistemato in un piccolo appartamentino tra Calle Lacca e Calle Dario ,dove il verde dei vicini giardini riusciva a lenire gli odori prodotti dai canali,ma facendo cosi' riposare i suoi polmoni gia' affetti da una bronchite cronica in lotta ora anche con la umidita' della laguna.

Ma queste incipienti patologie non bastarono,per le ragioni di cui sopra, a bloccare le sue ambizioni ,facendolo divenire invece in poco tempo il quarto dei redenti !

Anche se, diversamente dai suoi assai più sprovveduti predecessori, aveva lui stoffa di impostore,cultura, e fondate speranze ,quindi, di riuscire a condurre un gioco più attendibile e magari prodigo di personali vantaggi.

A tale scopo si procurò adeguata e stavolta dettagliata informazione delle più recenti vicende della storia portoghese da un tale Marcos ,figlio di un ex soldato spagnolo .Questi, al contrario del Bandarra, sanissimo di mente.

 Dopo aver studiato un po' di storia iberica, inizio' anche ad adattare il suo aspetto fisico a quello del mitico re.

Seppe delle capacita' di un gran chirurgo, Girolamo Fabrici o Fabrizi, anche detto l'Acquapendente ,professore di anatomia e chirurgia.

Gia' affermato chirurgo e anatomista, ammesso al Sacro Collegio dei Filosofi e dei Medici.,Girolamo e' uno che resterà per cinquanta anni nello studio di Padova come professore sia d'Anatomia che di Chirurgia, riconfermato con nomine ducali una delle quali, a vita, firmata da Marino Grimani, , che gli conferiva anche   il titolo di Sopraordinario nella lettura di Anatomia e, dopo, reso anche Sopraordinario per la Chirurgia.

Questa nomina portò lo stipendio dell'acquesiano, già piuttosto alto per il tempo, a ben mille scudi.
E mille scudi fu anche la cifra richiesta per due interventi che dovevano fare di piu' rassomigliare il Marco Tullio al re;mancavano pero'gli scudi medesimi nelle sue tasche.
Aveva nel frattempo anche conosciuto un soldato italiano , amico di Marcos,un reduce che aveva combattuto in gioventù in Africa al seguito del re Sebastiano del Portogallo.Questi ,che era stato uno dei sopravvissuti all'eccidio ,mentre era diretto, in tale periodo ,con altri reduci verso la cittadina di Arcila in cerca di rifugio, proprio per indurre gli abitanti ad aprire le porte, aveva finto di aver con se anche il re .E forse proprio cosi' nacque una leggenda che si propagò rapidamente per tutto il regno,di un sovrano immortale .
Lo convinse, il soldato, ancora di piu' della sua somiglianza con il defunto sovrano sia facendogli vedere dei ritratti ed anche con il concorso di altri improvvisati testimoni e di alcuni portoghesi che, a questo punto ,vista la sua grande determinazione al "suplizio"chirurgico ,non esitarono a finanziarlo .
Inoltre gli forni' come "prove" alcune indicazioni precise ottenute da altri reduci, in modo che il Catizone potesse essere in grado di riferire il contenuto di alcune missive inviate a suo tempo dalla Serenissima a re Sebastiano.

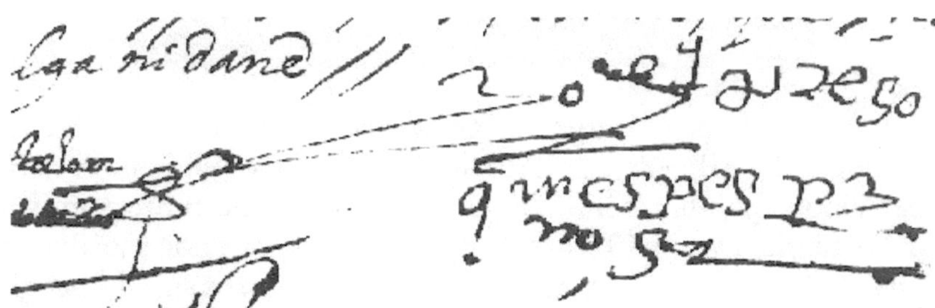

Non fu' l'Acquapendente pero' ad operarlo,per un suo preciso rifiuto a tali mistificazioni,ma un suo giovane allievo

L'operazione ,effettuata in maniera cruenta in uno scantinato semibuio ,a malapena illuminato dalla fioca fiammella di tre torce,tre, situato in   calle Cannaregio , e con metodi da macelleria medica ,con l'ausilio anche di una sega ben affilata porto' ad un allungamento del braccio destro ed ad un rigonfiamento dell'omologa caviglia .Segni, si diceva ,che caratterizzavano l'aspetto somatico del re.

Il tutto in una semi anestesia data da un metodo innovativo di questo chirurgo, con l'uso cioe' della"confectio soporis"; consisteva   nell'aggiungere cerume da orecchio di cane alle sostanze narcotizzanti della spongia e successivamente il materiale veniva essicato al sole e poi di nuovo bagnato al momento dell'uso e quindi posto nelle narici del paziente.

Si diceva, di queste malformazioni.

Forse non era vero ,ma le sofferenze postume per Marco Tullio furono enormi ,date anche da un principio di setticemia che solo la sua forte fibra pote' sopportare.

Si ritrovo' cosi'in ogni caso con due braccia di differente portata!!

Ne usci' anche smagrito e terreo in volto,dei suoi folti capelli rossi restavano quattro cespugli che gli incorniciavano il cranio,facendolo sembrare piu' un prete che un sovrano.
.

Pur tuttavia inizio' ,da allora, la sua nuova vita ,attorniato dai vassalli ,alias i suoi compari truffatori, una vita da re ,re Sebastiano del Portogallo:il calabrese si fece re!!

Passeggiava per i calli veneziani   accompagnato dai suoi complici e da ignari estimatori .Quali ad esempio l'architetto Traiano Boccalini,conosciuto a Loreto, a cui commissionava fantasiose nuove regali dimore .Si faceva vedere, per di piu'nei giorni in cui la nebbia avvolgeva maggiormente la citta' proprio

per apparire quasi dal nulla , per far fede al mito , riecheggiando forti le parole utopistiche del vecchio sovrano scomparso:*" Un solo regnante, un solo Papa, un solo popolo"*.
Poi tirandosi su, col braccio sano, il suo lungo mantello nero , seminato di gigli d'oro e foderato d'armellino , sulla casacca ,che arrivava al ginocchio, ne copriva completamente i pantaloni,rispariva nella nebbia.

Era questa una casacca ampia e senza colletto, ma aveva una fitta abbottonatura dal collo all'orlo. Sotto questa indossava il panciotto, un nuovo indumento nato proprio in questo periodo. Era nella linea del tutto uguale all'abito che vi era posto sopra, ma era molto più attillato, specialmente nelle maniche che sappiamo di differente lunghezza , ed era anche di qualche centimetro più corto. La casacca la lasciava ,per scelta, aperta per farlo vedere, anche perché le parti visibili erano fatte di stoffe variopinte, ricamate e costose.

 Le autorità venete ,nel frattempo , seppero presto che, oltre che a Venezia anche a Padova, dove si era trasferito saltuariamente in via Vescovado, si spacciava appunto per il re Sebastiano un uomo con segni di deformazioni agli arti e continue lamentele per dolenzie ancora non sopite.
Gli intimarono allora ,tramite un messo, lo sfratto dalla citta' santa.
Ma senza successo.
A Padova era riuscito infatti ad accostarsi al cerchio di amici di Laura, figlia del Conte Paolo Pola, nobile di Treviso,ed addirittura aveva circuito una intima amica della stessa ,nominandola anche..... baronessa in cambio di spinte effusioni.
Insomma si era creato un salvagente mediatico e lo usava.

 Ma il Catizone-re allarmato da queste voci, inizialmente si nascose, per riapparire poco dopo a Venezia e poi di nuovo a Padova,quasi in un gioco fanciullesco tra guardie e ladri, mentre l'eco delle sue millanterie invece cresceva ed arrivava alle orecchie dell'ambasciatore spagnolo don Enrico de Mendoza.
Questi, un giorno di Settembre ,alzatosi proprio col giusto tono di cattiveria ,dovuta forse alle sue cefalee persistenti, si

presentò al Collegio per sollecitarne l'arresto, accertarne l'impostura e infliggergli finalmente il meritato castigo.

L'ambasciatore si mostrò bene informato delle ciance ed, a riprova ,addusse la circostanza decisiva che il nostro non mostrava di conoscere una sola parola della lingua portoghese, cosa che assai difficilmente poteva convenirsi chiaramente al re del Portogallo. L'intervento del diplomatico spagnolo non valse tuttavia ad ottenere l'arresto immediato perche' , come denunciò in una seconda memoria l'ambasciatore, godeva questi a Venezia della protezione di nobili influenti e prelati maneggioni.

Diceva l'accusatore :

"e'venuto mezzo ignudo et senza nessun seguito, adesso si trova regiamente vestito con robbe di martori et frangie di oro, magna et beve opulentemente et mena seco una buona compagnia di altri furfanti"

Il rischio che i riconoscimenti ,ottenuti a Venezia da parte di amici avvocati e politicanti verso il sedicente don Sebastiano ,avessero spiacevoli ripercussioni in Portogallo era ora sicuro e pericoloso. Occorreva quindi agire con tempestività.

Bisogna infatti ricordare che nel quadro del predominio spagnolo in Italia, solo l'antica e potente Repubblica di Venezia conservava una certa autonomia, mantenendo anche rapporti politici ed economici con l'Europa protestante. Ma l'arresto, ordinato dal Consiglio veneziano dei Dieci, di due preti accusati di reati comuni provocò un duro scontro fra la Serenissima e lo Stato Pontificio. A scatenare la reazione del Papato fu il fatto che le autorità veneziane si rifiutassero di riconoscere che il clero costituiva un corpo a sé, con un suo diritto e i suoi tribunali, non era quindi sotto la giurisdizione degli Stati. Per cercare di indurre i suoi avversari a tornare sui propri passi, il pontefice Paolo V minacciò di porre l'interdetto sulla città, ossia di colpirla con una sorta di scomunica collettiva che avrebbe posto Venezia al di fuori della Chiesa, impedendo ogni forma di amministrazione dei sacramenti: l'ultimatum papale fu respinto ed il papa mise in atto quanto aveva minacciato.

Seguirono mesi caratterizzati da grande tensione e da un conflitto dottrinale, combattuto a colpi di pamphlet, che suscitò l'interesse dei circoli intellettuali e religiosi di tutt'Europa. Erano in contrasto due poteri che si affrontavano senza possibilità di conciliazione, quello dello Stato e quello della Chiesa, il primo deciso ad imporre a tutti i suoi sudditi l'obbedienza delle leggi, senza differenza tra laici e clero, il secondo determinato a farsi riconoscere come corpo separato, posto al di sopra delle frontiere e legato all'obbedienza del papa. Nella "battaglia di scritture" che infuriò tra Roma e Venezia, che è passata alla storia come "guerra dell'Interdetto", il governo veneziano poté valersi di un "consigliere giuridico" d'eccezione, il frate Paolo Sarpi, uomo di cultura e grande storico della Chiesa

Grazie alla mediazione della Francia, tuttavia, si giunse ad un compromesso: Venezia fu liberata dall'interdetto ed i due preti arrestati furono affidati all'ambasciatore francese, il quale a sua volta li consegnò alle autorità romane.

Gli ordini religiosi che avevano abbandonato Venezia vi furono riammessi, con la vistosa eccezione dei gesuiti .

Proprio dai gesuiti il Catizone otteneva il piu' grande appoggio!!!

Bisogna anche ricordare come a Venezia se pur Il Doge rappresentasse formalmente la sovranità e la maestà della Repubblica, aveva tuttavia scarso potere (essenzialmente il diritto di guidare in guerra l'esercito e la flotta) ed era coadiuvato e controllato nelle proprie funzioni da sei consiglieri, coi quali costituiva il Minor Consiglio (o Serenissima Signoria).

La sovranità risiedeva invece proprio nel Maggior Consiglio,ovvero l'organo fondamentale dello Stato (esso rappresentava fino alla "Serrata del Maggior Consiglio" i notabili della città, poi i membri della sola aristocrazia), al quale appartenevano di diritto i membri maschi e maggiorenni delle grandi famiglie patrizie, mediamente circa un migliaio di individui. Il Maggior Consiglio esercitava poi la propria sovranità attraverso dei Consigli minori di sua emanazione: il Collegio, cioè il governo della Repubblica, il Senato (o Consiglio dei Pregadi), responsabile per la politica estera, il Consiglio dei Dieci, responsabile della sicurezza dello Stato, e i tribunali della Quarantia. In particolare il Consiglio dei Dieci venne nel tempo a costituirsi come un organismo quasi onnipotente, baluardo delle istituzioni repubblicane e dell'ordinamento oligarchico.

Un capitolo a parte merita invece nel caso l'amministrazione della Giustizia, ammirata per secoli in tutto il mondo, tanto da meritare alla Repubblica il titolo di Serenissima, proprio per la maniera equilibrata di fare giustizia.

Essa si basava su un ridotto ruolo degli avvocati, su giudici non di carriera (aristocratici nominati per 1 o 2 anni, anche nelle alte gerarchie), e soprattutto sul modo di applicare le leggi al singolo caso concreto, che cioe' tenesse conto delle decisioni precedenti (giurisprudenza) e soprattutto mirasse a realizzare una giustizia sostanziale, anche negando l'applicabilità di certe leggi, se queste ledevano i principi superiori di giustizia, ossia la verità, il buon senso.

Pertanto,proprio in base a tale norme di legalita', pur resistendo con argomentazioni varie,alla fin fine i suoi avvocati dovettero cedere e le autorità veneziane si decisero allora a passare a vie di fatto e, dopo avere messo le mani su alcuni suoi complici e

protettori,lo arrestarono .
Si recarono di notte in Calle Lacca gli armigeri e lo sorpresero nel letto ancora mezzo addormentato.

Nelle more del processo, la notizia dell'avventura veneziana di Marco Tullio giunse intanto in Portogallo e vi provocò tumulti popolari.
 Due frati furono inviati a Venezia con il compito di accertare la vera identita' del prigioniero, presunto re.
 I due si presentarono al savio di Terraferma, esibendo lettere di raccomandazione, nientemeno che del re di Francia.
 Grimani Girolamo era uno dei cinque Savi di Terraferma,uno cioe' dei savi responsabili , sin dal 1420 ,dell'amministrazione dei Domini di Terraferma e dell'armata ;essi erano eletti dal Senato ogni sei mesi, alternativamente tre e due, e dovevano avere almeno trent'anni .
Ma il Grimani,intimo amico di un dignitario della corte di Enrico IV,i aveva su imput anche dello stesso re ,spinto molto per la liberazione del Catizone presso lo stesso doge.
Daltronde il re francese si occupava di politica estera secondo un programma anti-spagnolo e quindi con Venezia aveva un canale preferenziale.
 Si puo' facilmente comprendere come l'impostura del Catizone coinvolgesse così in maniera evidente l'equilibrio europeo, e le truffaldine imprese ,ma anche la grande abilita' ed audacia del calabrese,   diventavano   ora un vero affare di politica internazionale.
 Si mosse cosi' anche la curia della parte accusatrice ed altri due ecclesiastici ,anch'essi portoghesi ,si recarono infatti a Roma per implorare un intervento pontificio, mentre a Venezia un emigrato portoghese, tal Sebastiao Figuera, portava dalla Francia lettere di protesta degli Stati generali dei Paesi Bassi, del conte Maurizio di Nassau e di don Manuel, primogenito di

don Antonio priore di Crato, e pretendente al trono di Portogallo.

Il Figuera era affiliato di una delle famiglie piu' importanti di Riposto ,un paese vicino Catania,ed aveva legami con i Pasini,potente famiglia veneziana, con terreni anche vicino Acireale.

La storia di Riposto è strettamente connessa a quella di Mascali, della cui Contea faceva parte come suo scalo commerciale: il suo nome deriva infatti dal siciliano u ripostu ovvero il ripostiglio o la cantina.

Sino al tardo Seicento il sito,che era soggetto alle incursioni dei pirati e dei corsari musulmani, fu popolato solo stagionalmente per motivi commerciali e militari, e solo a fine secolo cominciarono a fabbricarsi le prime case di pescatori che diedero vita ad un insediamento stabile a macchia di leopardo lungo la costa. La zona era ricca soprattutto di enfiteuti acesi che stavano trasformando il territorio ancora brullo e boschivo in vigneti, frutteti e semineri   .

Tra questi nuovi coloni vi erano appunto i Pasini.

Figuera doveva   dei favori ai Pasini e, questi ultimi ,agli oppositori del Doge

.Gli interessi della famiglia Pasini era infatti legata a quella di alcune lobby veneziane in traffici legati al settore dei….morti e non coincidevano affatto con quelle dei clericali che attorniavano il Doge

I Pasini erano noti per essere infatti i fondatori ,assieme a Giacomo Massaggia ,dell'Arciconfraternita di San Cristoforo e della Misericordia di Venezia. Di cosa si occupava tale associazione e come è sorta?

C'è da premettere che sin dai tempi remoti, Venezia contava numerosi cimiteri, di piccole dimensioni, sparsi per la città, accanto alle chiese, ed ancor oggi rimane in alcuni campi, calli e campielli, l'appellativo di "Campo dei morti", "Calle del cimitero", "Campiello dei morti". Solo più tardi fu introdotto l'uso di seppellire i morti anche all'interno delle chiese e perfino nei chiostri dei vari conventi

.

Le ossa che derivavano dalle esumazioni dei piccoli cimiteri cittadini erano poi depositati nell' isola di S.Ariano, nella laguna nord, tra Burano e Torcello, facente parte un tempo della grande isola di Costanziaco; l'isola di S.Ariano prende cosi' anche il nome di Ossario. Qualcuno sostiene che l'area cinta da mura e destinata ad ossario non fosse altro che parte della vicina isola di S.Maffio, impropriamente chiamata S.Ariano.
L'usanza di seppellire i morti nei piccoli cimiteri rionali della città perdurò per molti secoli, fino a quando si provvide a costruire dei cimiteri, lontani dai centri abitati, soprattutto per ragioni di igiene pubblica.
A cio'dovette adattarsi pure Venezia, provvedendo alla scelta del luogo più adatto per la costruzione di un cimitero cittadino.
Dopo varie proposte fatte dalla Municipalità veneziana , fu designata dapprima l'isola di S.Cristoforo della Pace, abbandonata dai monaci Agostiniani e ridotta a quartiere

militare e, dopo sette anni, riscontrando che lo spazio di quest'isola era troppo ristretto per una popolazione di più di centomila abitanti, fu unita la vicina isola di S.Michele, abbandonata, anche su spinta dei Pasini ,dai Monaci Camaldolesi. Successivamente tutto il cimitero comunale di Venezia prese il nome da questa seconda isola.

Allorché si iniziò a dare sepoltura ai defunti nell'isola di S.Cristoforo, i veneziani subirono con molto dispiacere l'interdizione che toglieva loro l'opportunità giornaliera di soddisfare al pio affetto che nutrivano per i loro cari. Pochissimi si recavano in quell'isola a pregare sulle tombe; le sepolture non erano curate, quantunque fosse permesso di accedervi e di collocare una pietra con un'iscrizione che ricordasse quelli che vi riposavano.

Fu proprio in quell'epoca che due cittadini veneziani, Giacomo Massaggia ed i nostri Pasini, decisero di rendere "riverita ed onorata la dimora degli estinti" (così come si legge negli scritti dell'epoca), e dunque, cominciando a fare un primo sopralluogo , vi ritornarono dopo con un gruppetto di devoti .

Così iniziarono e si infittirono le visite al cimitero. Si costituirono in sodalizio proprio per suffragare ed accompagnare i defunti al cimitero. Ottennero ufficialmente il pubblico riconoscimento dall'allora Presidente della Commissione Municipale deputata ai lavori del cimitero, con l'autorevole sanzione.

Ma mentre il sodalizio fioriva (dopo neanche un decennio essa annoverava un migliaio di iscritti), l'ideatore di quest'opera, Giacomo Massaggia, moriva in pochi giorni, colpito da un morbo atroce, affidando l'opera al cofondatore ,Be Pasini ,che continuò il suo.

In cambio di favori ricevuti si comprende cosi' come la "testa"del Catizone fosse l'obolo richiesto, offerto dal Figuera ai suoi grandi amici Pasini!

Un protetto del Doge dato in pasto ai nemici del Doge era la grande risposta di un gruppo politico ad un altro!!!

Don Antonio poi, anche lui si era annoverato tra i grandi accusatori. Era questi un figlio illegittimo del principe Luigi d'Aviz, duca di Beja, e di Violante Gomes, a lungo bollata di essere un'"ebrea sefardita ed una marrana", ma che, di fatto, era solo un membro della piccola nobiltà .
A causa del suo stato di discendente illegittimo pero' la sua pretesa al trono non era al momento considerata valida. Per di più suo padre era anche priore di Crato (titolo che gli consentiva di sposarsi senza dispensa papale)e questo non lo aiutava di certo.
Qualcuno sospetto'anche che le informazioni negative sul Catizone fossero stimolate in maniera eccessivamente aggressiva piuttosto da tale Rose Levi:l'ebrea abbandonata ,come ricorderete, a Verona ,da Marco Tullio e cugina ache se alla lontana,quarda il caso,proprio di donna Violante Gomes ,anch'essa di origini israelite !
.La Levi piu' volte aveva portato documenti che attestavano la falsa identita' del pseudo re e lei stessa si diceva pronta a testimoniare contro di lui.
 Da ultimo infine giunse a Venezia, tanto per rendergli la vita piu' difficile, anche il secondogenito di don Antonio, don Cristovao, per essere ricevuto personalmente dal Collegio dei magistrati. Egli lamentò che le autorità veneziane non avessero permesso agli inviati portoghesi di accertare la vera identità del prigioniero, avallando così comportandosi ,i lagunari ,il sospetto che si trattasse veramente del re don Sebastiano.
Questo passo, al quale sicuramente non venne meno l'autorevole appoggio della diplomazia francese ,decidendo cosi' di mollare ufficialmente Marco Tullio, risultò allora decisivo.

La sentenza definitiva, tuttavia, fu emessa ben un anno dopo.
Ma ancora una volta ,trascorsi solo due mesi di carcere ,veniva rimesso in libertà anche se con un decreto di espulsione da tutto il territorio della Repubblica, sotto pena di incorrere, se recidivo, in dieci anni di galera.

Ancora una volta..... i suoi influenti amici alla corte del Doge lo avevano salvato e qualcuno mormoro'scherzando che cento messe di suffragio furono il prezzo da pagare ad Alvise II Mocenigo......... in barba ai suoi nemici.

Ottenuta la liberta' non ci penso' due volte a fuggire lontano.
Si ricordo' di un frate portoghese ,che aveva conosciuto nella sua permanenza a Roma.
Fra Leandro era d'altronde stato suo amico di bevute di ottimo vino dei castelli e non gli poteva certo negare aiuto ed un buon cavallo.Con lui fuggi', travestito da prete, nottetempo da Venezia e si diresse verso Livorno per imbarcarsi alla volta della Francia.
Ma non poteva essere tutto cosi' semplice per questa testa matta Sostando   infatti a Firenze ,ove andò a prendere stanza al Monastero dei Padri Borgognoni.,recatosi al calar del sole , alla Locanda de' Ciompi in via Pietrapiana, li', nel delirio di boccali pieni di buon sangiovese, intimava al prete amico di prostrarsi ripetutamente ai piedi,ai piedi del re del Portogallo!!
Alzando la zampa fredda di un pollo ,di cui erano rimaste solo le secche ossa,e ponendolo sulla testa sudata del povero frate,lo nominava all'istante cardinale del regno pontificio e barone di Quinta do Conde,citta' lusitana.......
Alcuni astanti ridevano di questa inusuale commedia ,altri ,che erano invece degli agenti in borghese del granduca di Firenze , pur compiacendosi delle fragorose risate,avevano altre idee sulla chiusura di tale farsa .

Fu infatti arrestato nuovamente e portato di forza ,maleodorante per i conati di vomito che avevano intanto imbevuto il suo regale mantello, nelle Burella .

Le più antiche carceri della città gigliata erano proprio queste "Burella" ,avvolte nel buio,nell' oscurità,esse erano poi situate nei cunicoli sotterranei del vecchio anfiteatro romano ,già scomparso nel Medioevo .Questi angusti passaggi , privi di luce, umidi ed insalubri ,servivano anticamente ai romani per l'allenamento dei gladiatori e per le gabbie delle belve.

Della sua prigionia fu data immediata comunicazione al re di Spagna, Filippo III, e al viceré di Napoli, conte di Lemos. L'uno e l'altro si premurarono di chiederne la consegna, mentre Enrico IV inoltrava una risentita protesta presso la corte granducale.
Il granduca Ferdinando de' Medici in politica estera aveva cercato di rendere indipendente la Toscana dall'influenza asburgica (per il rientro in toscana e la conquista dello stato di Siena i Medici si erano dovuti alleare agli eserciti imperiali).

Ferdinando,dopo l'assassinio di Enrico III di Francia nel 1589, si alleò con Enrico IV di Francia, che stava lottando contro la Lega Cattolica. Garantiva il suo appoggio finanziario ad Enrico e lo incoraggiava anche a convertirsi al cattolicesimo .Poi, quando il re francese si convertì, Ferdinando usò tutta la propria influenza per fare in modo che il papa accettasse tale conversione.

Enrico pero'non mostrò grandi apprezzamenti per questi favori e Ferdinando lasciò cosi'raffreddare la loro relazione, mantenendo la sua amata posizione d'indipendenza. Si riavvicinò agli Asburgo dopo la perdita del saluzzese e combinò il matrimonio fra suo figlio Cosimo II e l'arciduchessa Maria Maddalena d'Austria, sorella dell'imperatore. Militarmente pero', spalleggiò sia Filippo III di Spagna nella campagna d'Algeria, che il Sacro Romano Impero contro i turchi. A causa di queste imprese,come sempre accade,chi ci rimette e' il popolo e dovette aumentare le tasse dei suoi sudditi, anche se neanche questi servigi riuscirono a liberarlo del tutto dalla subordinazione agli Asburgo; infatti, nel suo testamento si leggera' che il suo successore

« ...non manchi... di essere verso S.M. cattolica et la corona di Spagna obsequente et divoto, conforme all'obbligatione che seco si tiene, maxime per lo Stato di Siena... »

Decise pertanto ,in ossequio a questo suo servilismo politico verso il regno iberico ,di tradurre il Catizone ad Orbetello ,dove appunto una nave spagnola lo rilevò per poi condurlo nella Napoli spagnola
.Era valsa pero' anche una petizione forte fatta ai Medici contro di lui da parte di una comunita' ebraica di Livorno,cio' a significare che l'onta subita dalla sua ex amante Levi doveva certamente meritare una punizione. La storia della comunita' ebraica di Livorno era infatti focalizzata nella accorta e

accogliente politica dei Medici, tale da trasformare la città in un'oasi per tutti gli ebrei del Mediterraneo. Ed i frutti non mancarono se in seguito la nazione livornese stabilì contatti e legami con tutti i maggiori centri del Mediterraneo creando anche una lingua franca: il bagitto. Questa scelta medicea – è bene ricordarlo – non portò solo vantaggi economici ma anche, e forse soprattutto, politici e culturali. La tolleranza di Livorno si estese all'intera Toscana. Da Livorno sorsero ,poi ,cosi' degli esponenti di primo piano del mondo ebraico, da Moses Montefiore al rabbino Elia Benamozeg.

M intanto ....La Mary Rose lo attendeva al porto.

Era una caracca o nao ovvero un veliero con quattro alberi,ideata e progettata nei suoi tratti essenziali dai genovesi che avevano sempre preferito usare, per i loro commerci, delle grosse navi a vela d'alto mare, a differenza dei veneziani. Avevano perciò sempre avuto imbarcazioni quali la navis romana prima, e poi la cocca o la nave tonda. A rafforzare questa teoria sta il secondo nome della caracca stessa, "nao", che in genovese significa, propriamente, "nave". La nao "mary rose" aveva una poppa alta e rotonda con castello di poppa (o cassero), il castello di prua e bompresso a prora. Era fornita di un albero di trinchetto e di un albero di maestra a vele quadre e di un albero di mezzana a vele latine, ma soprattutto mostrava una innovazione che anticipava (anche se molto lentamente e non da per tutto) la forma e la struttura del futuro galeone: la poppa piana e non rotonda cosa che invece caratterizza la cocca che era sempre tale anche quando armata con quattro alberi.

Nel castello di poppa gli fu sistemato un piccolo giaciglio e gli furono offerti dei pezzi di carne affumicata....ma niente vino. La nave tiro' le ancore,usci' lentamente di poppa e, fatta una leggera virata ,rivolse la prua verso il sud.

L'arrivo a Napoli avvenne il pomeriggio del giorno seguente. Preso in custodia da venti soldati a cavallo ed un capitano, venne rinchiuso nella Regia Udienza di Montefusco ,che aveva fama di essere uno dei più duri e penosi del Regno. Allogato cosi' nei sotterranei dell'antico castello, trasformato poi dagli Aragonesi in palazzo del tribunale
.

Esso consisteva di due vaste corsie sovrapposte, di forma rettangolare. Quella inferiore era la più malsana perché umida e buia. Eppure una prammatica emanata dal viceré di Napoli verso il 1600, e riportata da Eliseo Danza, prescriveva che" i carceri non dovevano essere tenebrosi " vel   faetidi aut subterranei cum non ad poenam sed ad custodiam potius inventi sint" .

Ma il regio carcere di Montefusco dimostrava come fossero applicate quelle bellissime affermazioni di principio:esso al contrario era sotterraneo, tenebroso e fetido a tal punto che i presidi, i quali abitavano i piani superiori del castello, erano costretti d'estate a sloggiare, tanto era il puzzo che promanava dal sottostante carcere. Nessun contadino avrebbe usato quegli androni neppure come stalle del proprio bestiame forse neanche paragonabile alle "terrate"delle capre del suo ormai lontano Vuccisano. Tra le popolazioni della provincia correvano poi storie spaventose di maltrattamenti e di sevizie ivi subite dai prigionieri. Nei registri dei decessi delle locali parrocchie era frequentissima al margine degli atti di morte l'annotazione "morto nel regio carcere".

 Alcuni versi popolari, riecheggianti vagamente quelli che Dante immaginò sulla porta dell'Inferno, suonavano così:

Chi trase a Montefusco e po' se n'esce
pò dì che nata vota nterra nasce.
(chi entra a Montefusco e poi ne esce può dire che sulla Terra un'altra volta nasce).

Il consiglio Collaterale si riuni' alle 12 di un soleggiato giorno partenopeo,era lo esso che decideva sulle cause criminali e lo stesso che si poneva al di sopra della corte di Giustizia :

lo condanno' alla galera a vita!

Il trattamento, durante i sette mesi di permanenza nel carcere, fu durissimo, certamente più duro ed inumano di quello riservato agli assassini ed ai grassatori, che nel passato si erano avvicendati in quegli stessi locali in attesa di finire sulle forche.

Il disagio maggiore, fisico e morale, era dato dalla ristrettezza dello spazio e dalla mancanza di qualunque forma di privacy, che obbligava a far tutto in pubblico. L'atmosfera era ammorbata dalle esalazioni ammoniacali ed alle energiche rimostranze dei prigionieri, perché si ponesse fine in qualche modo a quello sconcio, il crudele comandante del bagno penale una volta rispose: "l'acido ammoniacale fa bene alla salute,vi disinfetta!".
 La vigilanza era continua, implacabile, fastidiosa. Le perquisizioni erano quasi quotidiane e i rozzi carcerieri le eseguivano senza nessun riguardo per il ritegno delle persone e per l'incolumità delle cose; libri, biancheria ed altri oggetti dopo alcune perquisizioni diventavano quasi inservibili. Ai prigionieri che lo desideravano era permesso farsi comprare in paese dei generi commestibili ,come uova, frutta, pane. Molti, però, pur potendolo, rinunziarono a questa facoltà per due inconvenienti: primo perché i carcerieri si facevano pagare ogni cosa acquistata il doppio e anche il triplo del costo normale, e non restituivano mai l'eventuale resto; secondo perché alcuni di tali generi commestibili, prima di essere consegnati ai detenuti, venivano accuratamente esaminati nel timore che contenessero segreti messaggi e per questo erano tagliuzzati in tal guisa che diventavano immangiabili.

Patteggio'tuttavia , dopo il settimo mese ,grazie all'aiuto di un avvocato conosciuto a seguito all'amicizia di frati domenicani calabresi che stanno carcerati in questo Castello, il detto "truglio" .

Questa era una forma di concordato concesso a quelli che avevano evitato la forca,i detti "sforcati":fu cosi' imbarcato su una galea, dopo il consueto taglio di barba e capelli ,obbligatorio per tali reati.

Lo scafo, quasi interamente scoperto, ospitava i vogatori, distribuiti su circa ventiquattro banchi per lato. Ad ogni banco corrispondeva un lungo remo, azionato da due o tre vogatori;. Se la navigazione era "pacifica" e il vento favorevole, la galea alzava una o due vele triangolari o , procedeva a forza di remi.

Sullo scafo di questa galea era sovrapposto un robusto telaio rettangolare che, sporgendo sui fianchi della galea, formava le "impavesate", cioè due passerelle su cui erano fissati gli scalmi dei remi e su cui, all'abbordaggio, lottavano i combattenti. La poppa invece , lievemente rialzata, formava il ponte di comando e conteneva, sottostante, la cabina degli ufficiali. Sulla prua era piazzata l'arma balistica di maggiore efficacia,un cannone.

 La galea aveva un equipaggio di circa 120 uomini piu' uno,Marco Tullio: due terzi erano galeotti vogatori, una cinquantina marinai e il resto uomini d'arme

Il servizio sulla galea era molto duro per tutti, anche perché lo spazio era minimo. Gli uomini stavano sempre allo scoperto e vivevano letteralmente sul posto d'impiego, in condizioni igieniche oggi inconcepibili. La razione giornaliera media consisteva in due libbre di galletta, mezza libbra di carne secca o pesce salato, una pinta di vino e un'oncia d'olio. Il servizio più massacrante era ovviamente quello dei vogatori ,come il Catizone ,e solo l'amicizia del cerusico di bordo riusci a salvaguardare lo stesso da una morte in mare.
Infatti in uno spazio cosi' estremamente ristretto, un ambiente per di più pervaso dal fetore insopportabile dovuto appunto alla presenza di tanti uomini costretti incatenati al proprio banco, senza alcuna risorsa in termini d'igiene e sanità erano comuni la diffusione endemica di parassiti e topi ed il conseguente contagio di malattie, quali la scabbia, la lebbra, la dissenteria,   o patologie dovute anche alla cattiva alimentazione, alla scarsezza di cibi freschi e alla frequente mancanza di acqua potabile.

Il re, tuttavia,anche se ora il millantatore era "sforcato" e quasi reso inoffensivo,anche se scheletrito nei suoi ormai soli 50 chili, nel timore sempre presente e forse giustificabile di nuove imprese di questol fantomatico re- Catizone, volle che fosse tradotto ugualmente in Spagna.

Durante il viaggio una forte tempesta costrinse la nave ad ormeggiare nei pressi della costa andalusa,in Spagna.

Il Catizone non si diede per sconfitto .Tramite un mozzo della nave,tal Romero Pinto,fece, nelle more del fermo,spargere la voce che il re del Portogallo si trovava prigioniero sulla nave.La notizia,pur nella sua evidente falsita',diede lo spunto, da tempo atteso, agli oppositori del re di inscenare nuove manifestazioni di protesta e richiedere l'immediata liberazione dell'"illustre"prigioniero

Benché detenuto, il Catizone ebbe anche modo ,cosi',di riallacciare i suoi antichi rapporti con i portoghesi ostili alla dominazione spagnola.

Bisogna ricordare come dal 1580 al 1640, il trono del Portogallo infatti fu occupato dagli Asburgo di Spagna. Questo periodo coincideva con il declino dell'impero portoghese. Anche i nemici della Spagna, tra cui spiccavano l'Inghilterra e i Paesi Bassi, desiderosi di impossessarsi delle sue ricchezze d'oltremare, spesso trovarono più facile attaccare le basi portoghesi, scarsamente difese, piuttosto che quelle spagnole. Del resto, gli spagnoli poco si curarono delle colonie portoghesi che ora si trovavano a controllare.

Tanto inutile chiasso pero' sul suo nome,alimentato, su suo imput ,dal Pinto e da altri, non produsse alcun effetto positivo alla sua liberazione ma ,al contrario, gli bastò per essere nuovamente processato nello stesso posto in cui immediatamente veniva sbarcato ,ovvero a Sanlucar de Barrameda in Andalusia

.

Sanlucar e' una cittadina geograficamente situata nel sud-ovest dell'Europa, è delimitata a ovest dalla Repubblica del Portogallo (distretti di Beja e Faro), a sud dall'Oceano Atlantico, dal Mar Mediterraneo (Mare di Alborán e dal territorio d'oltremare britannico di Gibilterra), a nord dall'Estremadura e dalla Castiglia-La Mancia e a est dalla Comunità Autonoma di Murcia.

Per evitare rivolte popolari fu trasportato cosi' con la barca
dei pescatori ,gli stessi che portavano le loro merci di notte
per evitare di pagare le salate tasse della zona. Ma la fretta
inevitabile in questi truffatori portò ad uno scontro fortuito
con altre barche di pescatori e, lo stesso Marco Tullio,
rischio'cosi' d'annegare.
Tratto a riva inzuppatissimo ma al momento salvo,venne'
condotto in una casa privata che fungeva da provvisorio
carcere.
La sera sul Parque de Doñana, mentre ,come tradizione della
cittadina, i cavalli purosangue con gli zoccoli colpiscono con
forza la sabbia della spiaggia… ed vino manzanilla e i
gamberoni, tipici di questa località, finiscono di animare la
sera di un caldo agosto,data in cui il villaggio si ferma e si
rivolge verso il mare per ammirare proprio" i cavalli di fuoco

del dio del Sole", che una volta all'anno corrono per le spiagge di Sanlúcar de Barrameda,i tre giudici della corte Pretoriana emettevano, anche nella fretta di tale festa, alla quale volevano essere partecipi,una insindacabile condanna a morte.
In attesa dell'impiccagione Marco Tullio da'allora sfogo al suo ultimo disperato colpo di genio.

Il" re" si finge pazzo, e anche in questo dimostra una straordinaria forza d'animo: fa credere che gli stenti della prigione e le prime torture l'abbiano fatto impazzire; ma i giudici non si fidano della sua follia e gli mandano spioni dietro la porta della cella per sorvegliarne il comportamento.
Se ne accorge.
 Per sei mesi simula la follia affermando stranezze e addirittura un paio di volte, a rischio della vita, incendia il pagliericcio della sua cella.
Nell'estate dell'anno seguente viene sottoposto anche a una tortura usata in casi estremi: la " corda o la veglia".

La tortura normale era la "corda" e per praticarla bastava disporre di una corda e di una trave. La persona incarcerata veniva legata con le mani dietro la schiena e poi veniva tirata a mezzo di una fune che passava sulla trave: dando uno strattone alla corda l'inquisito avvertiva un intenso dolore derivante dalla slogatura, dalla fuoriuscita degli omeri dal loro alloggiamento naturale; a volte oltre al boia che tirava la corda c'era qualcuno che tirava il torturato per i piedi. Questo sistema era comune in quanto di facile uso e in quanto non produceva lacerazioni della cute: non essendovi fuoriuscita di sangue non si correva il rischio di infezioni, a quell'epoca molto ricorrenti e spesso letali. I cosiddetti "tirapiedi", inoltre, erano capaci di mettere a posto con un colpo energico, dopo la tortura, gli omeri nelle scapole, in modo che l'inquisito, passato un certo tempo, poteva tornare ai suoi movimenti naturali. La tortura della corda durava mezz'ora, al massimo un'ora.

 A lui, in quanto "re" decaduto, viene praticata invece la "corda con veglia".

Questa implicava tratti di corda prolungati per quaranta ore: per due giorni il condannato non riusci' ad dormire ed era continuamente interrogato.

 A ciò si aggiungeva un fatto ancora più grave: nel caso, non ci si preoccupava delle infezioni e il condannato ogni mezz'ora veniva fatto sedere su una specie di cuneo appuntito, venendo così lacerato nelle carni .

Perse circa due libbre di sangue durante tale tortura. Con una forza d'animo incredibile, riesce ancora a fingersi pazzo fino alla trentaseiesima ora, quando si strappa gli ultimi capelli, gli sfugge un'invocazione di aiuto a Dio, che sembra tradire la sua finzione, ma poi,...........

.... con estrema prontezza, come è scritto nei verbali, pronuncia una frase del tutto insignificante: "Die, di.. , dieci cavalli bianchi di Sanlucar".

 I giudici finalmente si cominciano a convincere della sua follia .

Dopo altre quattro ore viene ufficialmente dichiarato pazzo.

A quel punto è salvo, ma viene comunque condannato a vita e rinchiuso in una cella del carcere cittadino in attesa della sentenza definitiva.

Forse e' salvo.........mha.........nessuno   piu' si fida degli imprevisti che potrebbero ancora aiutarlo!

Vi resta rinchiuso ancora sei mesi.

Prelevato al settimo mese, di forza , nottetempo ,in barba alla sentenza precedente,ora ingrassato in modo eccessivo nell'addome ma con il viso scarno e segnato da rughe profonde ,una calvizie espansa ed i soliti due bracci di differente lunghezza ,proprio adesso   quando ormai si riteneva appunto, si' pazzo per tutti ,ma salvo ,viene prelevato da una squadra di armigeri e portato in un luogo nascosto.

Al sorgere del primo mattino e' impiccato.

Intorno a un minuto dura la sua agonia: ha un aumento della pressione endocranica, non ha più afflusso venoso, il sangue per un po' continua a salire, ma non defluisce dal circolo encefalico, arriva cosi' prima la perdita di coscienza, poi la morte……. finalmente liberatrice.

Anche il " fantasma" del re del Portogallo doveva essere cancellato,e cosi' fu'.
Il calabrese che volle farsi re muore, lontano dalla sua terra ,come un comune bandito.
Non aveva ucciso nessuno,era solo un arguto truffatore,caduto nelle mani dei suoi simili
……
………………………………………………………
Qualche mese dopo l'impiccagione ,a Venezia ,un tizio si presentava asserendo di essere Marco Tullio,scampato alla forca, e rivendicava alcuni possedimenti in terra veneta dello stesso pseudo morto…………….
Forse la storia dei truffatori e' infinita….o forse………la leggenda del re immortale……..

Bibliografia

La Biblioteca Nazionale ha solo la seconda edizione, pubblicata nel 1862, in quattro volumi. Vi è una copia della prima edizione nella libreria dell'Università Cattolica di Lisbona.

-U. Caldora, *Il calabrese M. T. C., falso re Don Sebastiano del Portogallo (1598-1603), in Arch. stor. per la Calabria e la Lucania, XXVI (1957), pp. 421-448*
-D La rivoluzione e la guerra messinese del 1674-8, Appunti e docu-
mentiy in Archivio storico siciliano^ XXIV, pag. 56.
-*José H. Saraiva*, Storia del Portogallo, *Bruno Mondadori, 2007*
- *Giuseppe Marcocci*, L'invenzione di un impero. Politica e cultura nel mondo portoghese (1450-1600), *Carocci, 2011*
- *Elia Boccara*, In fuga dall'Inquisizione. Ebrei portoghesi a Tunisi: due famiglie, quattro secoli di storia, *Giuntina, 2011*

Appendice nomi storici in ordine menzione

 1 Ippolito catizone
2 Petronia catizone
3 Luigi de hojo
4 Crispano
5 Baiona
6 valbelle
7 Vivonne
8 Alberto tuccari
9 Robberti
10 Cenci
11 Caravaggio
12 Gentileschi
13 Calvetti
14 Pompeo molella
15 prospero farinacci
16 carlo maderno
17 alvise mocenigo
18 bandarra
19 girolamo fabrici
20 marino grimani
21 enrico de mendoza
22 paolo pola
23 girolamo grimani
24 sebastiao figuera
25 maurizio massau
26 pasini
27 giacomo massaggia
28 antonio giovannelli
29 violante gomes
30 luigi d'aviz
31 eliseo danza